Sur la planète des vacances

Bertrand Fichou est né en 1962 à Caen. Après des études de lettres et de journalisme, il est entré dans le monde de la presse. Aujourd'hui, il travaille comme rédacteur en chef au magazine *Youpi*. Il garde du temps pour écrire de nombreuses histoires, publiées dans les magazines de Bayard Jeunesse.

Du même auteur dans Bayard Poche :
Victor veut un animal - Une journée avec papa - Le jeu qui fait peur - Des croquettes trop vitaminées... (Mes premiers J'aime lire)
Les vacances de Crapounette - Crapounette à l'école - Crapounette et le Bébéberk - Crapounette et la tribu inconnue (J'aime lire)

Éric Gasté est né en 1969 à Angers. Après avoir fait l'école Estienne à Paris, il devient rédacteur graphiste au *Journal de Babar*, à *Youpi*, puis à *Astrapi* et *J'aime lire*. Il illustre essentiellement des histoires pour les tout-petits et habite désormais à Toulouse.

Du même illustrateur dans Bayard Poche :
Je suis un chat bleu ! - La soupe à la grimace - Le loup vert (Les belles histoires)
Ric la terreur - Sonia la colle - Perdu chez les sorciers - Victor veut un animal - Une journée avec papa - Le jeu qui fait peur - Les apprentis sorciers - Des croquettes trop vitaminées... (Mes premiers J'aime lire)

Dépôt légal : mars 2008
ISBN : 978-2-7470-2545-4
Loi du 16 juillet 1949 sur les publications destinées à la jeunesse.

Sur la planète des vacances

Une histoire écrite par Bertrand Fichou
illustrée par Éric Gasté

mes premiers j'aime lire
BAYARD POCHE

Chapitre 1

La planète verte

Pfff… Qu'est-ce que je m'ennuie ! Ça fait des heures que nous volons à travers l'espace. Pour la millième fois, je marmonne :

– Quand est-ce qu'on arrive ?

– Nous y sommes ! annonce Maman. Tu vois la petite planète verte, droit devant ? C'est là que nous allons passer nos vacances !

– Et on les a bien méritées ! ajoute Papa.

Jupiter, mon groglou à poil jaune, pousse de petits cris d'impatience : il faut dire que cette planète est une gigantesque forêt, un vrai paradis pour groglou !

Papa jette un œil sur sa carte :

– La maison que nous avons louée se trouve dans cette zone… Parés pour l'atterrissage !

Quelques secondes plus tard, notre fusée se pose sur une pelouse épaisse, au pied d'une maison en bois drôlement jolie.

Je m'exclame :

– Wouah ! On se croirait dans un film d'aventure !

– Oui, répond maman en entrant, « on se croirait ». Mais, heureusement, nous avons tout le confort moderne : four supersonique et aspirobot !

Papa me fait un clin d'œil :

– Oh, ben, non ! Ce sont les vacances ! Moi, je change de vie. À partir de maintenant, je suis un homme des bois !

Je demande :

– C'est quoi, un homme des bois ?

Papa me répond en rugissant :

– GROAAAR ! Un homme des bois, c'est un homme qui n'a pas oublié l'animal qui est en lui, un homme proche de la Nature, un homme qui n'a pas besoin de confort pour être heureux ! Tu ne veux pas devenir homme des bois avec moi ?

Je m'inquiète :

– Un homme des bois, ça joue aux jeux vidéo ?

– Pour quoi faire ? s'écrie Papa. Tu ne vas quand même pas te promener dans la forêt avec ta console ! On va construire une cabane, et tu n'y penseras plus, à tes jeux électroniques !

Une cabane ? Alors, là, oui, je suis d'accord ! Seulement, je ne peux pas me séparer de ma console… Discrètement, je la glisse dans ma poche. On ne sait jamais…

Maman s'allonge dans le hamac :

– Moi, je commencerais bien par une petite sieste…

– Bon, ben, nous, on part explorer la forêt, dit Papa. Tu viens, Jupiter ?

Chapitre 2

Des petites bêtes…

Papa s'enfonce entre les feuilles géantes, en écartant des ronces pointues comme des épées. Avec Jupiter, on le suit. Il fait sombre sous les grands arbres, il y a plein de bruits bizarres. Je ne suis pas rassuré :

– Papa, et s'il y avait des animaux dangereux ?

– T'inquiète ! Ce n'est pas une bande de ouistotos rayés qui nous fera peur. Je suis chasseur de monstres, oui ou non ?

C'est vrai : mon papa est chasseur de monstres. C'est son métier. Et il est super fort.

– Et puis, tu sais, continue Papa, je me suis renseigné : sur cette planète, il n'y a que des bestioles de rien du tout. Jupiter est plus gros qu'elles !

Soudain, Papa lève la tête :

– Wouah ! Vous avez vu cet arbre tordu ! Il est parfait pour une cabane, non ?

Jupiter a l'air d'accord. Il s'est suspendu à une branche basse et il fait la grimace ; on dirait une poire folle !

– Jupiter, ce n'est pas le moment de s'amuser ! dit Papa. Nous sommes des naufragés de l'espace et nous devons fabriquer un abri contre la tempête.

Oh oui ! J'adore quand mon papa invente des histoires. J'en rajoute :

– Et puis il faudrait se dépêcher, parce qu'on serait poursuivis par un troupeau de Krougnosaures !

– D'accord. Allez, je grimpe voir où on peut s'installer. Victor, tu montes la garde !

Je reste au pied de l'arbre et surveille les alentours. Pendant ce temps, Jupiter s'occupe des grosses fourmis qui descendent le long du tronc : il fait des « chlurp ! » et des « scrountch ! », il se régale… C'est dégoûtant !

Tout à coup, les feuilles s'agitent au-dessus de moi :

– Papa, ça va ?

Au lieu de me répondre, il pousse de drôles de cris, comme quelqu'un qui a mal mais qui ne veut pas que ça se sache… Puis il descend en bondissant de branche en branche, saute à terre et se met à courir autour de l'arbre en agitant les bras. Ça doit être comme ça que les hommes des bois montrent qu'ils sont contents. D'ailleurs, il chante de joie : « Hou ! Ha ! Houhahouha ! »

Alors, avec Jupiter, on se met à le suivre en gesticulant et en criant : « Hou ! Ha ! Houhahouha ! » Qu'est-ce qu'on rigole, avec mon papa !

Quand on s'arrête, on est tous les trois hors d'haleine.

– Alors, P'pa, cet arbre, pfou ! il est bien pour une cabane ?

– Heu… non, répond-il. Pfou ! Trop de fourmis. Beaucoup trop…

Il secoue sa manche, et une dizaine de bestioles noires tombent dans l'herbe.

– Papa, il en reste une sur ton oreille !

Il s'en débarrasse d'une pichenette :

– Je sais chasser les grosses bêtes, pas les petites. Venez, on va chercher un arbre moins habité.

Chapitre 3

Où est passé Jupiter ?

Nous avançons au milieu de la jungle. Derrière moi, Jupiter a les bras chargés de fruits bizarres qu'il mange en marchant. Au bout d'un moment, je me retourne et je ne le vois plus !

– Papa ! Jupiter a disparu !

– Il ne doit pas être bien loin, on va le retrouver…

On revient sur nos pas en appelant « Jupiter ! Jupiteeeer ! ». Pas de réponse. Mais bientôt un bruit fait trembler la cime des arbres ; on dirait le réacteur d'une fusée. Papa sourit en montrant du doigt une grosse boule de poils jaunes, bien calée entre des branches. Elle se gonfle et se dégonfle en rythme. Jupiter dort !

– Tu as vu, Victor ? On dirait que Jupiter a trouvé le refuge idéal pour des naufragés de l'espace !

En effet, cet arbre est parfait.

– Le seul problème, reprend Papa, c'est que Jupiter s'est installé pile au meilleur endroit.

Aussitôt, on grimpe dans l'arbre et on essaie de le réveiller pour qu'il nous laisse la place. On le secoue, on lui crie dans les oreilles… Mais réveiller un groglou, c'est une mission impossible… même pour des naufragés de l'espace !

– Tant pis, dit Papa, on va construire la cabane autour de lui.

C'est parti ! Je ramasse toutes les branches que je trouve par terre et je les passe à mon papa. Lui, avec des lianes, il les attache pour fabriquer un plancher, juste sous le ventre de Jupiter. Puis je l'aide à monter les murs avec des branches bien droites, et enfin nous fixons de larges feuilles sur le toit.

Au bout d'une heure, Jupiter ouvre un œil, très surpris de se trouver dans une cabane.

– Voilà ! C'est fini ! clame Papa. On ne craint plus la tempête !

Je réponds :

– Tant mieux, parce qu'à propos de tempête, je crois qu'il va pleuvoir, pour de vrai.

Des nuages noirs se bousculent au-dessus de la forêt. Bien sûr, on n'a pas pensé à prendre nos vêtements de pluie, et on est beaucoup trop loin de la maison pour revenir sans nous faire tremper. Et attraper un rhume intergalactique !

Quand la pluie se met à tomber, on s'abrite tous les trois dans la cabane. Dehors, on ne voit plus rien. Les gouttes qui tombent du ciel sont aussi grosses que des œufs. On est un peu serrés, mais au sec. Papa rigole :

– On s'en sort drôlement bien, pour notre première journée d'hommes des bois, non ?

Moi, après tous ces efforts, j'ai un petit creux.

– Dis, Papa…

Comme s'il avait lu dans mes pensées, il se frappe le front :

– Nom d'une météorite ! J'ai oublié le pique-nique !

Un petit rot résonne dans l'obscurité : Jupiter a un air satisfait. Il y a de quoi, avec tous les fruits et les bestioles dont il s'est goinfré, lui…

La pluie tombe de plus en plus fort. De l'eau commence à ruisseler à travers le toit de notre cabane.

– Alerte ! s'écrie Papa en essayant de boucher les trous. Nous allons couler !

Moi aussi, je voudrais bien continuer à rigoler. Seulement, j'ai si faim que je n'ai même plus envie de jouer.

– Papa, si on rentrait à la maison ?

Jupiter semble d'accord : il se lève et, d'un bond, il saute de l'arbre. On entend un grand « flotch ! ». Il remonte aussitôt, les oreilles basses et couvert de boue…

– Il pleut tellement que la forêt s'est transformée en marécage, dit Papa. On est coincés ici pour un moment.

Je frémis :

– La nuit tombe, Maman va s'inquiéter !

– Moui, marmonne Papa, il n'y a pas qu'elle qui commence à s'inquiéter…

Chapitre 4

Une fusée dans la nuit

Le temps passe. Maintenant, il fait tout noir. Jupiter chantonne, Papa grignote une feuille pour calmer sa faim. Moi, je boude. Je n'ai plus envie de jouer à l'homme des bois. C'est trop long d'attendre… Surtout qu'il y a de plus en plus de fuites, et qu'on est trempés. Et, dans les arbres autour de nous, j'ai repéré plein d'yeux qui nous observent. Je n'aime pas ça…

Soudain, j’entends un ronflement. Est-ce que Jupiter s’est encore endormi ?

– Victor, dit Papa, écoute… Ça vient de dehors… un moteur… Maman nous cherche !

– Ah oui, je reconnais le bruit… Mais elle ne va jamais nous trouver ! Il fait trop sombre !

– Tu as raison. Et il n’y a plus un bout de bois sec dans cette forêt. Impossible d’allumer un feu…

Si elle nous rate et que nous devons passer la nuit sous la pluie, demain matin nous serons gorgés d'eau comme trois grosses éponges ! À moins que les bestioles de la forêt ne nous aient dévorés d'ici là…

C'est alors que je me souviens de ma console de jeux. J'avais oublié qu'elle était dans ma poche :

– Papa ! Ma console ! L'écran est lumineux…

Papa lève les sourcils jusqu'en haut du front et articule :

– Quoi ? Tu-as-ap-por-té-ta-con-so-le ?

Là, je baisse les yeux : va-t-il me gronder, ou m'embrasser ?

– Tu es génial ! lance Papa. Vite, allume-la, Maman arrive au-dessus de nous !

Et il m'embrasse. Ouf ! Je sors le boîtier de ma poche, j'appuie sur le bouton, l'écran s'éclaire, je tends le bras hors de la cabane et je l'agite vers le ciel.

Notre fusée passe doucement et elle s'éloigne au-dessus des arbres.

Je me lamente :

– Oh, non ! Elle ne nous a pas vus !

– Si ! dit Papa. Écoute, elle est en train de se poser…

Quelques minutes plus tard, Maman nous rejoint, bien protégée par sa combinaison antipluie. Elle porte un grand sac. On lui saute au cou tous les trois.

– Bravo, les garçons ! nous félicite-t-elle. Ça, c'est de la cabane ! Après tout ce travail, vous devez avoir faim…

Elle sort du sac des petits gâteaux chauds. Elle est trop forte, ma maman !

Papa lui tient la main et déclare, la bouche pleine :

– Ma chérie, tu viens de chauver trois naufragés !

Elle répond, avec un sourire en coin :

– Je suis désolée, j'ai cuit tout ça au micro-ondes. Ce n'est pas de la nourriture pour des hommes des bois…Vous préférez peut-être que j'aille vous chercher quelques racines dans la boue ?

– Bon, ça va, n'en rajoute pas ! dit Papa en lui faisant une belle grimace d'homme des bois.

Parfois elle est un peu moqueuse, ma maman. Mais qu'est-ce qu'on est bien, serrés tous les quatre dans notre cabane ! Même si elle prend l'eau…

Retrouve Victor BigBoum
dans d'autres aventures interplanétaires !
Les aventures de Victor BigBoum
Une journée avec Papa
Les aventures de Victor BigBoum
Des croquettes trop vitaminées
Les aventures de Victor BigBoum
Le jeu qui fait peur
Les aventures de Victor BigBoum
Sur la planète des vacances
Les aventures de Victor BigBoum
Victor veut un animal
5 titres disponibles en librairie
4,90 €
© E. Gasté
CULTIVONS LEURS TALENTS
www.bayard-jeunesse.com

Achevé d'imprimer en février 2008 par Oberthur Graphique
35000 RENNES – N° Impression : 8313
Imprimé en France